एक नया

ईश्वर

एक नया ईश्वर

तजेन्द्र सिंह लूथरा

वाणी प्रकाशन

पेपरबैक प्रथम संस्करण : 2023

वाणी प्रकाशन

4695, 21-ए, दरियागंज, नयी दिल्ली 110 002

फ़ोन : +91 11 23273167 फ़ैक्स : +91 11 23275710

शाखाएँ

अशोक राजपथ, पटना 800 004, बिहार

कॉफ़ी हाउस कैम्पस, महात्मा गांधी मार्ग, इलाहाबाद 211 001, उत्तर प्रदेश

महात्मा गांधी अन्तरराष्ट्रीय हिन्दी विश्वविद्यालय, वर्धा 442 001, महाराष्ट्र

36/ए, शेक्सपीयर सरणी, रानी बिरला गर्ल्स कॉलेज के पास, कोलकाता 700 017, प. बंगाल

www.vaniprakashan.com
marketing@vaniprakashan.in
sales@vaniprakashan.in

Ek Naya Ishwar
by Tajender Singh Luthra

ISBN : 978-93-5518-897-7
Poetry Collection

मूल्य : ₹ 225

सिटी प्रेस, दिल्ली-110 095 में मुद्रित

वाणी प्रकाशन का लोगो मक़बूल फ़िदा हुसेन की कूची से

दोस्तों से बातचीत

दोस्तो,

कविता लिखने की तरफ़ मेरा झुकाव छात्र जीवन से ही था, लेकिन उसका रुटीन (Routine) नहीं बना पाया। गम्भीर कविता लेखन की बात 2008 से शुरू हुई, जब मुम्बई में 26/11 को आतंकवादियों का हमला हुआ। कई पुलिसकर्मी व नागरिक शहीद हुए। इस मार्मिक दृश्य से मैं बहुत विचलित हुआ कि हमारा अस्तित्व क्या है? हमारे बलिदान का अर्थ क्या है। ये प्रश्न मुझे मथने लगे। इस विचलन से मैंने कुछ कविताएँ लिखीं। एक कविता थी, 'मैं आभारी हूँ आपका'। इस कविता के ज़रिये मैंने शहीदों और शहादत के परिप्रेक्ष्य से कई महत्त्वपूर्ण प्रश्न उठाये। यह कविता बहुत सराही गयी। उसके बाद मैंने लगातार लिखना ज़ारी रखा और फिर 2012 में मेरा पहला संग्रह आया "अस्सी घाट का बाँसुरी वाला।"

वैसे लिखने से अधिक, पढ़ने पर मेरा ज़ोर ज़्यादा है। क्योंकि मेरा मानना है, जब तक हम अच्छा पढ़ेंगे नहीं, हम अच्छा लिख नहीं सकते। यदि मैं अच्छा पाठक नहीं हूँ तो एक लेखक के रूप में अपने अनुभव और जीवन दृष्टि अपने पाठकों के साथ शेयर नहीं कर पाऊँगा। वह भाप की तरह उड़ जायेंगे। तुलसी, ग़ालिब और अरस्तू को इतने साल बाद भी हम इसलिए पढ़ रहे हैं, क्योंकि उनसे हमें एक जीवन दृष्टि मिलती है। इसीलिए मैं पढ़ता ज़्यादा हूँ, लिखता कम हूँ।

मैं कविता तभी कह पाता हूँ, जब मुझे जीवन में कोई भी चीज़ विचलित कर देती है, बेचैन कर देती है। बिना बेचैनी के,

बिना विचलन के, मैं कविता नहीं कह सकता और जब आप कविता कह लेते हैं, तब वह बेचैनी काफ़ी हद तक दूर हो जाती है। आपको उस बेचैनी का रूप और आत्मा समझ में आ जाता है। आप मुक्त हो जाते हैं। मुक्त इसलिए भी कि कविता के माध्यम से हम बड़े जटिल विषयों को कह पाते हैं।

मेरे लिए कविता अपने आपको परीक्षण करने की एक विधि है। अपने आप से संवाद करने का एक महत्त्वपूर्ण साधन है। कविता के माध्यम से हम अपने भीतर झाँक सकते हैं। Socrates ने कहा था–"An unexamined life is not worth living." कविता मर्म के माध्यम से मानव जीवन की मीमांसा करने की एक प्रक्रिया है। इसलिए नहीं कि, अपने आपसे बात करना ही हमारा लक्ष्य है। बल्कि इसलिए ताकि हम अपने जीवन को न सिर्फ़ व्यक्तिगत बल्कि सामाजिक रूप से भी एक अच्छे, अर्थपूर्ण और भरपूर तरीक़े से जी सकें।

मैं मानता हूँ कि कविता को समसामयिक होना चाहिए, लेकिन वह इतनी संकीर्ण भी न हो कि कुछ समय में ही अपना महत्त्व खो बैठे। कविता सैकड़ों वर्ष जीवित रहनी चाहिए। मानव जीवन, व्यक्ति की निजता और व्यक्ति के समाज, दोनों से बहुत बड़ा है। इस मानव जीवन के सभी पहलुओं को कविता छूनी चाहिए। कविता इन दोनों दृष्टियों से बहुत बड़ी है क्योंकि वह मानव जीवन की विधा है।

मुझे कविता को सारगर्भित बनाने में आनन्द आता है। दूसरे, मैं उसका अनावश्यक विस्तार नहीं करना चाहता। विस्तार से कविता की कसावट और शिद्दत कम हो जाती है। जब कविता को विस्तार का मोह नहीं होता तब कविता बड़ी तीखी हो जाती है। उसकी मर्मवेधी शक्ति बढ़ जाती है। तीसरे, मुझे उन बिम्बों, विषयों और चरित्रों में रुचि है, जो समसामयिक तो हो लेकिन एक narrow band में नहीं हो।

मेरा मानना है कि कविता को अपना सत्य ढूँढ़ने के लिए कथ्य और तथ्य की आवश्यकता नहीं है। कविता अपना सत्य imagery, idiom तथा metaphor से ढूँढ़ती है। उसको सभी इन्द्रियों के मिश्रण

(blending of senses) से अपना सत्य बुनना पड़ता है। सिर्फ़ एक इन्द्रिय से कविता की लय, रिदम और ताल आप नहीं बुन सकते, क्योंकि कविता का कार्य सिर्फ़ बौद्धिक प्रभाव छोड़ना नहीं है। उसे बुद्धि और स्मरण को छूकर फिर मर्म से हमारे अन्तःकरण में बस जाना है। इसलिए जब हम अच्छी कविता सुनते हैं, तब लगभग पागल हो जाते हैं, क्योंकि कविता मनुष्य के मर्म की दैविक ख़ुराक (divine food) है। इसलिए मैं Emily Dickinson के इस कथन से पूरी तरह सहमत हूँ–"If I read a book [and] it makes my whole body so cold no fire can ever warm me, I know that is poetry. If I feel physically as if the top of my head were taken off, I know that is poetry. These are the only way I know it. Is there any other way?" सो, जब तक मनुष्य का मर्म जीवित है, कविता जीवित रहेगी।

मैं मानता हूँ कि कवि को निरंकुश होना चाहिए, उसको किसी framework में अपने आपको ढलने नहीं देना चाहिए। अगर हम किसी framework को मन में रखकर किसी रचना को करने की कोशिश करेंगे, तो उसकी रचनात्मकता बाधित हो जायेगी। उसमें जो निखार, natural growth और कवि का कृतित्व सामने आना चाहिए, वो नहीं आ पायेगा। इसलिए मैं बहुत अलग–अलग विषयों पर लिखता हूँ। मैं कुछ ख़ास विषयों को नहीं चुनता। मेरा मानना है कि वो हर विषय कविता के योग्य है, जो मन को विचलित कर जाये, जो आपके सामने एक दुविधा खड़ी कर दे–किसी असमानता को महसूस कर, किसी नाइन्साफ़ी को देखकर, किसी की पीड़ा और व्यथा को जानकर।

इस संग्रह 'एक नया ईश्वर' को सम्पूर्ण करने में मेरी पत्नी रीना लूथरा और मेरे परिवार के बाक़ी सदस्यों का बहुत सहयोग रहा है। इसी तरह मेरे मित्रों–राजेन्द्र शर्मा, ओम निश्चल, सुधा उपाध्याय, और धीरज सार्थक ने भी बहुत हाथ बँटाया। मेरे मित्र शैल गुलाटी ने भी पूरा सहयोग दिया और मेरे प्रकाशक श्री अरुण माहेश्वरी और अदिति माहेश्वरी–गोयल का भी मैं बहुत आभारी हूँ।

मेरे पास शब्द नहीं है कि मैं गुलज़ार साहब का शुक्रिया कैसे अदा करूँ, उनके आशीर्वाद के लिए, जो उन्होंने इस संग्रह की भूमिका लिख कर दी।

अब इस नये संग्रह के माध्यम से अपने पाठकों से रू–ब–रू होना है। उनकी प्रतिक्रियाओं के इन्तज़ार में बैठा हूँ मैं।

–तजेन्द्र सिंह लूथरा

इन्तज़ार में

मैं कुछ बेतकल्लुफ़ होने लगा हूँ, 'तजेन्द्र' की कविताएँ पढ़कर। हालाँकि पुलिस में उसका ओहदा जानकर मुझे 'सैल्यूट' करना चाहिए था। अब 'पुलिसिया' कहकर गले लगाने को जी करता है। क्या ख़ूब शायर है।

एक शायर का तारूफ़ बग़ैर उसकी नज़्म सुनाये नहीं हो सकता। 'तजेन्द्र' के लिए, हालाँकि तारूफ़ भी ज़रूरी नहीं है। लेकिन हो सकता है आप उन्हें पुलिस की वर्दी में देखकर, अन्दर के शायर को न पहचान सकें।

जब पहली बार मिला था उन्हें, वो वर्दी में तो नहीं थे, लेकिन तारूफ़ उनका पुलिस–ओहदे से कराया गया था। तब भी उनकी ज़बान का लहजा सुनकर मुझे हैरत हुई थी। Attention कहने के बजाय उन्होंने नमस्ते कहा, फिर 'सत श्री अकाल' किया और फिर गले लगा लिया। पुलिस ने झाँका भी नहीं।

एक शायर वैसे शऊरी तौर पर (With A conscience) समाज में पुलिसमैन ही होता है। लेकिन 'तजेन्द्र' को दोहरी ज़िम्मेवारी मिली है। जो करता है, वो कहता भी है। लेकिन उस पर सवार सिस्टम जब चाबुक लहराता है तो उसे 'अरबी घोड़े' की कहानी कहनी पड़ती है। ये नज़्म देखिये–'अरबी घोड़ा'। कुछ लाइनें पेश कर रहा हूँ, जिससे नज़्म का मक़सद समझ आ जाये।

'बेतहाशा भागते, दौड़ते
एक ही दिशा में...
थक गया हूँ मैं...

एक हाथ से नोच लूँ...
दम घोंटती काठी...

ज़बान खींचती लगाम...
और स्वतन्त्र कर दूँ
अपनी पहचान

फिर एक छलाँग से
पटक दूँ धरती पर
नक़ली नियम...

फिर ख़ुद सवार हो अपने पर... कहूँ :
आओ, अब दौड़ें
अपने–अपने दम पर।'

'तजेन्द्र' एक प्रोग्रेसिव शायर हैं और जानते हैं कि किसी भी सोसाइटी की तरक़्क़ी, प्रगति, प्रश्न बिना, सवाल बग़ैर नहीं होती। लेकिन कभी–कभी वो ऐसा प्रश्न कर बैठते हैं, जिसका उत्तर आसान नहीं। 'एक नया ईश्वर' पढ़िये। पढ़ने से ज़्यादा महसूस करने वाली नज़्में!

वो 'प्रश्न' ही 'प्रश्न' है। उत्तर? नज़्म बतायेगी ! पढ़िये !

'ताल–बे–ताल' एक पुरानी हिकायत है।

'नया आदमी'... दस लाइनों में बन्द किया एक बड़ा इतिहास है... एक हिकायत को हक़ीक़त बना दिया।

ईमानदारी 'तजेन्द्र' की ख़सलत में शामिल है। वो जिस सिस्टम में चल रहा है, उसका मुहाफ़िज़ भी है और नक़्क़ाद (Critic) भी। 'चोर दरवाज़ा' एक और गवाही है इस बात की...!

मैं घूँट–घूँट उसकी नज़्में पढ़ रहा हूँ। उन्हें हज़म करने में बहुत वक़्त लगेगा।

कौन–कौन–सी नज़्म Quote करूँ? सुनाऊँ आपको?
'पीछे छूट गये लोग..." पढ़िये।

'कौन होगा वो आदमी
जिसकी आधी रात की
आख़िरी ट्रेन छूट गयी होगी!'

मेरा तो घर ही छूट गया...'तजेन्द्र' के इन्तज़ार में बैठा हूँ। कब मुलाक़ात हो।

–गुलज़ार

अनुक्रम

विदूषक

मैंने एक दिन
अपना हँसना गिना।
मैं उस दिन हँसा था
जब मेरे दोस्त ने
एक चटपटा मज़ाक़
किया था।

एक दिन मैं फिर हँसा
जब मेरी बूढ़ी माँ ने
मुझे फिर एक भली सलाह दी
और मैंने हँस के माँ को
गले लगा लिया
माँ तब भी यही करती थी
जब मैं बहुत छोटा
और नादान था।

मैं फिर हँसा इक दिन
जब मैंने बहुत दिनों बाद
शीशे में विदूषक देखा
हम गले मिले और ख़ूब हँसे।

मैं मजबूर हुआ
फिर हँसने पर
जब मेरी बेटी ने बताया
मैं कितना अप्रासंगिक
हो चुका था
मुझे वो सब भी नहीं आता
जो छोटे बच्चों को आता है।

और अन्ततः
मैं साहस कर हँसा
अपने अहम्, लाचारी, नादानी,
घृणा, हिंसा, डर, लोलुपता
सब पर हँसा
वो अन्तिम उपहास था
फिर कुछ न बचा
हँसने और हँसाने को।

एक बूँद

बिखर जाये सारा अमृत
अब नहीं कोई भटकन
खो जाये सारा आकाश
अब नहीं उधेड़–बुन।

तुम्हें मुबारक़ चार जीवन
आधे, अधूरे, अनिश्चित
मेरे लिए काफ़ी है
एक क़तरा संचित
एक बूँद निश्चित।

अरबी घोड़ा

बेतहाशा भागते–ढोहते
एक ही दिशा में
होकर नतमस्तक
और वो भी, बिना किये प्रश्न
थक गया हूँ मैं

बहुत हो चुका अब
एक हाथ से नोच लूँ
आँखें बुझाती चमड़े वाली ऐनक
दूसरे से उतार फेंकूँ
दम घोंटती काठी
तीसरे से चीर दूँ
जुबान खींचती लगाम
चौथे से काट दूँ मर्म मारती मुश्कें
पाँचवें से खोल दूँ
भ्रमित करती रकाब
और स्वतन्त्र कर दूँ
अपनी पहचान

फिर एक छलाँग से
पटक दूँ धरती पर
नक़ली नियम

घोटा हुआ ज्ञान
अपरीक्षित श्रद्धा
और मनमानी सत्ता

फिर ख़ुद सवार हो अपने पर
कहूँ तुम्हें, मुस्कुराकर
आओ, अब दौड़ें
अपने–अपने दम पर।

एक नया ईश्वर

आज मैं एक नये ईश्वर से मिला,
मेरा दोस्त मुझे अपने मन्दिर ले आया था,
मैंने नये ईश्वर से बात की,
उसकी बातें, चाल–ढाल,
सब वैसा ही था।
मैंने थोड़ा हैरान हो कहा,
ईश्वर तुम तो बिल्कुल नहीं बदले
ईश्वर हँसा, फिर चुप हो गया,
मैंने थोड़ा आशंकित होकर पूछा,
तुम किसके हो ईश्वर?
मेरे या मेरे दोस्त के
ईश्वर और हँसा लेकिन कुछ नहीं बोला,
मैंने साहस कर अन्तिम प्रश्न किया,
हे ईश्वर, क्या तुम किसी के भी नहीं?
ईश्वर बहुत बहुत, हँसा,
पर कुछ ना बोला।

कच्चे-पक्के दोस्त

चलते–चलते एक दिन
एक महानायक मिला
कुछ मेहनत करता था
लेकिन बाक़ी छीन लेता था
दम्भ से कहता है
आओ, देखो मेरा इतराना, मेरा तमाशा।

थोड़ा और आगे चला
तो एक क़ायर मिला
लोलुप हो और घात लगा
थोड़ी यहाँ–थोड़ी वहाँ चोरी करता था
फिर ग्लानि से भर
जीवन भर छुपता फिरता था

थोड़ा और आगे
एक धर्मनायक से भेंट हो गयी
ये हमेशा तटस्थ रहता था
सारी सृष्टि को ले पाँवों तले
धरती से ऊपर बहता था
लेकिन पीछे से अचानक
एक जोकर ने खींच लिया
उसका सिंहासन

हो गया धराशायी
वो झटपट
मैं भी चुपके से गया आगे बढ़

थोड़ा और आगे चला
तो मज़े की बात
एक जोकर भी मिला
हर बात को कच्चा क़िस्सा बनाकर
ये हर किसी की
खिल्ली उड़ाता था मौक़ा पाकर
उसकी बातों पर
सब बजाते थे बहुत ताली
मेरा भी मन किया
मैं भी बन जाऊँ जोकर
हर समय करूँ ठट्ठा
उड़ाऊँ मखौल हर किसी का
अपना हर ऐब छुपाकर
पर आख़िर कहलाता तो एक जोकर
ये सोचकर मैं डर गया
और शर्म से भर गया

मैं फिर और चला
तो एक खलनायक भी मिला
बेझिझक, बेपरवाह और बेशर्म
ग्लानि, संशय न धर्म
उसका खल और बल
एक बार तो लगा बहुत सुन्दर
लेकिन उसकी डरावनी आँखों
और अट्टहास से मैं सिहर गया

एक और भी चला साथ मेरे
बहुत सीधा आदमी था
हर काम सीधे–सीधे
और वक़्त पर करता था
देखने से यूँ लगता
कि कोई ऐब न था उसमें
उसे देख अच्छा लगता था अक्सर
पर कभी–कभी बहुत डर
उसके जैसा भी मैंने बनना चाहा
पर मन ही रुक गया अड़कर
साफ़–साफ़ बोला
मैं थोड़ा तो बदल सकता हूँ
पर बदल नहीं सकता सब कुछ
मैं चुपचाप आगे चल दिया ये सुनकर

पर एक बात अच्छी हुई
कि चलते–चलते
मेरे घर वापिस लौटते–लौटते
ये सब दोस्त बन गये मेरे
कुछ बहुत पक्के–पक्के
और कुछ काफ़ी कच्चे–कच्चे।

आधी रात को कविता

वो आधी रात थी
मैं सपने में था
मुझे अधमरा कर
मेरी मुश्कें कसी जा रही थीं।

एक सँकरे गलियारे में भरी थीं
गिद्ध नज़रें, कुटिल मुस्कानें, और विष भरी साँसें
वहीं गड़े थे चारों ओर
खूँख़ार ख़ंजर, तेज़ तलवारें
और नुकीले नेज़े
मुझे वहाँ यूँ बार–बार
धकेला जा रहा था
कि मैं अपने–आप ही पंगु हो जाऊँ
और किसी पर दोष भी न आये
एक क्रूर सोच काट रही थी
मेरे हाथ, मेरे पाँव
लेकिन बचे–खुचे होश से
मैंने सपने में भी
बचा लिया था सिर
और सिर ने ही कहा,
अब सिर उठाओ
और जागो

नहीं तो मारे जाओगे
सदा के लिए।'

लेकिन कहीं जागते ही
गर्म हवा छेद न डाले
मेरा बदन
निर्दयी नज़रें नग्न न कर दें मुझे सरे–आम
मैं फिर डरने लगा
और सोते–सोते ही, तिल–तिल मरने लगा।

फिर अचानक दृश्य बदल गया
दो सलाख़ें लगीं मेरी आँखें फोड़ने
छीनने लगीं मेरे सारे सपने
मैंने साहस कर सिर उठाया
जब लड़ना ही है
तो क्यूँ न जागूँ और सचमुच लड़ूँ
जब मरना ही है
तो अपनी ही आँखों के सामने
सच–सच मरूँ।

ये सोचकर
मैं आधी रात को लेकर सिर हथेली पे
सपने से बाहर निकल आया
खुली आँखों से, मैं साज़िशों के साथ गाने लगा
सब सुनते, समझते, मैं नफ़रतों के संग नाचने लगा

थोड़ा उदास होकर अपने मासूम सपनों के मारे जाने का
उत्सव मनाने लगा
धीरे–धीरे, मैं अपनी ही आँखों के सामने टुकड़े–टुकड़े काटा
जाने लगा
लेकिन,
मैं सिर उठाकर आधी रात को कविता लिखने लगा।

स्थितप्रज्ञ

घुल जाना चाहता हूँ
तुम्हारे शरीर में शीरा बनकर
पर तुम्हारी आत्मा में भी
खोज रहा हूँ नमक
पसीने की महक वाला।

प्रतीक्षा में हूँ
पर मिलने को आतुर नहीं
जितना प्रेम किया है तुमसे
उतना अप्रेम भी सँजोकर
स्वाभिमान से बैठा हूँ
अनिर्णीत–सा।

इस सारी कश्मकश में
तुम्हारे प्रेम में
धीरे–धीरे हो गया हूँ
स्थितप्रज्ञ।

दौड़ने को चूहों के साथ

शायद समय अभी
हुआ नहीं था
घड़ी भी थी पीछे
और मैं भी ढीला–ढीला
बुझा–बुझा
और अव्यवस्थित।

फिर तय किया
बिस्तर से उतरा
सूई भी आगे की कुछ मिनट
और तैयार हो गया
कसकर कमर हिजड़ों–सी
दौड़ने को चूहों के साथ
और चलने को
समय के साथ–साथ।

एक कम मादक स्त्री

वो सुन्दर कम थी
कम मादक भी
पर नादान बहुत
और निश्छल भी थी।

ढेर–सा अपनापन लिए
समेट लेती थी मुझे
जैसे माँ अपनी छाती में।

कभी बनकर बच्ची
बैठ जाती थी गोद में
करती थी खिलवाड़
मेरी नाक–मूँछ खींचकर।

और कभी होकर स्त्री
भर देती थी उत्तेजना से
फिर धीरे से बदल देती थी
सारा पतन प्रेम में
और चुपके से सारी वासना विश्वास में।

फिर कभी गहरे दोस्त जैसी,
गहरी नज़रों से,
सहला देती थी पीठ।

कभी खला नहीं उसका
कम मादक होना।

जंगल, गाँव और आदमी

मैं ये नहीं हूँ
ये बस विचार है मेरा
मैं वो भी नहीं हूँ
वो बस आदर्श है मेरा
और यह भी नहीं हूँ मैं
यह तो विचारधारा है मेरी
इन सबको कटघरे में खड़ा कर
मुझे पूछने हैं इनसे कई
तीखे प्रश्न।

क्या तुम हो अजर–अमर?
या तुम अपने ही बोझ से
दब जाओगे एक दिन?
और छोड़ दोगे मुझे
शरणार्थी बनाकर?

तुम्हें कितना
और कब तक ढोना ज़रूरी है?
तुम्हारी रोशनी
क्या दिखा पायेगी राक्षस?
और पार करा पायेगी अन्ध गुफा?
तुम बना सकोगे कोई पुल

उफनते दरिया पे?
क्या तुम अब भी
निकाल पाओगे मुझे
घनघोर जंगल से?
और हाथ पकड़ ले जा सकोगे
जहाँ बसता है एक छोटा गाँव
जहाँ रहते हैं सीधे–सादे आदमी?

स्थानीय ईश्वर

जो भी दिया है तुम्हें
बस उसी का लो स्वाद
मत करो प्रश्न
ये क्यूँ हो गया समाप्त
इतनी जल्दी
या इसका
स्वाद था लिजलिजा।

लो इसे आशीर्वाद
की भाँति
एक मूक और सम्भ्रान्त दर्शक
बनकर
और अपनी नियति जानकर।

मैं हूँ तुम्हारा
स्थानीय ईश्वर
हर किसी को
नहीं मिलता हूँ मैं।

जीवित हूँ अभी

कभी चाहता हूँ
मसल दूँ सारे उफानों को
और कभी दूँ सहारा
नन्ही बूँद को भी
और बना दूँ तूफ़ान।

एक तीखा प्रश्न पूछूँ
तुम्हारी आँखों में सीधे–सीधे देखकर
इक क़तरे में समेट लूँ तुम्हारे
अहम्, घृणा और तिरस्कार को
और बता दूँ तुम्हें
मैं जीवित हूँ अभी।

बख़्शीश

मैंने सिर्फ़ पूछा–ख़ाली हो?
और उसकी आँखों में चमक देखते ही
अधिकार से चढ़ते हुए कहा
सेक्टर 45 में ले लो।

उसे मुझ पर या ख़ुद पर विश्वास था
या बोहनी करनी थी
या सोच रहा होगा
कहीं साहब झगड़ा न कर लें
या मेरे अच्छे कपड़ों से
उम्मीद लगाये बैठा होगा
या हार मान बैठा होगा
कि कभी–कभी मेरे जैसे
बगलोल टकरा ही जाते हैं
और वो जोश से रिक्शा चलाने लगा।

मैं सोच रहा था
इसकी उम्मीद से ज़्यादा दूँगा
आख़िर बनता ही क्या है इतने में
सोचते–सोचते सेक्टर 45 आ गया
मुझे लगा कि दस बनते हैं
मैने बीस दिये

आख़िर इतने में बनता ही क्या है?
मैंने आँखों में चमक पढ़ने की कोशिश की
कुछ चमका
और मैं फूल के कुप्पा हो गया
आख़िर इतने में बनता ही क्या है?

आज फिर कुछ दिनों बाद
एक और रिक्शा नज़र आया
मैंने हाथ दिया
वो धीरे–धीरे रुकता–रुकता रुका
मैं अधिकार से चढ़ते–चढ़ते बोला
सेक्टर 45 में ले लो
पर इस बार वो बोल पड़ा
साहब बीस रुपये लगेंगे
अरे ! ये तो ख़ुद ही माँगता है?
और बीस थोड़े बनते हैं
उसमें तो बख़्शीश भी थी
मैं बैठ चुका था
और वो चल
वो बता चुका था, और मैं सुन
हक़ बोलती ज़ुबान
अधिकार माँगती आँखें
खड़े–खड़े पैरों के जोश
से ठिलता रिक्शा
मैं बख़्शीश के दस रुपयों में दबता
भीगी बिल्ली–सा खिसियाता
मनो–मन झेंपता
सेक्टर 45 के आने का इन्तज़ार कर रहा था।

उम्र से तकरार

उम्र उमड़ने लगी
देह के भीतर
कसने लगी कस–बल मेरे।

मैंने हँस के कहा
कस लो, कस लो
थोड़ा और जकड़ लो
बस झुर्रियाँ ही दे पाओगी
मुस्कान धीमी कैसे करोगी?
कुछ दाग़ ही तो दोगी
रोम–रोम से उफनती ऊर्जा
न कर सकोगी बेबस
आँखों के गड्ढे भी गहरा दो शायद
नज़रों का नूर न ले पाओगी कभी
चर्बी चढ़ाओ चाहे जितनी
मेरी बानगी–मेरी रवानगी
रोकोगी कैसे
थोड़ा धीमा, थोड़ा कमज़ोर
और कुछ बूढ़ा कर सकती हो मुझे
पर मैं तो जीवन हूँ
मैं नहीं मरता कभी।

न भेड़िया न मेमना

दो रंग
और दो चेहरे
अवसाद से उथले
और आनन्द से गहरे
भेड़िये से काले
और सफ़ेद मेमने जैसे।

मैंने ही पोसा इनको
कभी द्रवित होकर
बना दिया महानायक
और कभी क्रोधित हो
खलनायक।

कभी जीवट के रण में
दहाड़ता है मेमना
चीर डालता है शेरों को भी
और कभी हरम में होकर मन्त्रमुग्ध
मिमियाने लगता है भेड़िया।

यूँ तो दबा बैठा था शान्त–स्थिर
सारा शोर भीतर
लेकिन बाहर विद्रोही पुकारों ने
तोड़ दीं सारी वर्जनाएँ
जुनून से खींच लिया मुझे
अपने सैलाब में
घुल–मिल अवसाद और आन्नद
बदल गये सभी दृश्य
और चेहरे गड्डमड्ड
कोई ना बचा
न भेड़िया न मेमना।

लुहार का डर

इस तलवार में
न तेज़ धार है न चमक
लोथड़ा–सा ही है लोहे का
मैंने कभी बनायी ही नहीं थी तलवार
मेरी तो सारी उम्र बीत गयी
हल और कुदाल बनाने में।

तलवारें अब तक
सोने की ही बनती रहीं
और उन्हें बनाने की इजाज़त भी
केवल स्वर्णकारों को ही थी
तेज़ चमके, तेज़ चले
ग़रीब का गला भी काटे
और सबूत भी न छोड़े
हाँ तलवारें देखी तो मैंने बहुत थीं
पर मुझे मालूम न था
कि मेरी भट्ठी का कोयला भी
अवैध ही सही
लेकिन कुन्ती–पुत्र जन सकता है।

लोहे के इस लोथड़े में
ख़ुद ही, एकलव्य जैसी तड़प थी
और मुझे, द्रोणाचार्य बनना मंज़ूर न था।

बड़ी मेहनत से बनायी,
एक काली, बेशक्ल और कुन्द चीज़
जिसे मैंने एक म्यान में डाल दिया
और बड़े–बड़े योद्धाओं के
कमरबन्द ढीले हो गये।
मैं निकला हूँ इससे
पराजय का गला काटने
पर डरता हूँ
कहीं ये भी
ग़रीब का ही गला न काटे
और सबूत भी न छोड़े।

आदिम होकर

तुम और मैं
कितनी बार निकले
शरीरों से
मन मिलाने अटूट चाह से।

मन मस्त–मौला
माना नहीं
तो बाहर आये
मस्तिष्क मिलाने
जिज्ञासा से, विचारों से।
न मन माना, न मस्तिष्क
तो अलग हो
अपने–अपने संसारों से
चले आत्मसात होने
लेकिन रह गयीं फिर भी
कितनी बातें अधूरी
बच गये और कितने, क़िस्से ख़ाली–ख़ाली।

आओ कोशिश करें
जब भी मंगलमय हो
अभिसार हमारा
ख़ुशबू पहचानें पसीने की
सुनें सरगम सनसनाती साँसों की
हो निढाल निहारें नग्न बदन
आदिम होकर
देर तक, बहुत देर तक।

लट्टू

मुझे घुमाया नहीं किसी ने
मन घूमा
घूमी आत्मा
घूमी सारी दुनिया
घूमा सारा ब्रह्माण्ड
और ज़ोर–ज़ोर नाचा मैं।

फिर खत्म हो गये
उर्जा, उत्सव और उत्कर्ष
डोलता–सँभलता
मैं गिरा धीरे–धीरे
अब कोई नहीं उठायेगा मुझे
फिर कोई नहीं चलायेगा मुझे।

मैं स्वंय उठूँगा
धीरज में समेटकर
तिल–तिल सालता दुःख
फिर घूमूँगा
लेकर बची–खुची

शाश्वत साँसें
और नाचूँगा सिर चढ़कर
भूलकर अपना अस्तित्व
घुमाऊँगा सारी दुनिया, सारा ब्रह्माण्ड
मदारी जैसे अपने आगे–पीछे
और डुगडुगी बजाते
नाचते–नाचते हो जाऊँगा विलीन
और फिर कभी नहीं गिरूँगा मैं।

जैसे माँ ठगी गयी थी

मैं सिर्फ़ पर तोल रहा था
और आकाश को आँखें भर देख रहा था
मेरी अँगड़ाई के सामने छत छोटी पड़ने लगी थी
मेरा साहस दो चार क़दम पल्लू छोड़ रहा था
सभी करते हैं कोशिश
कुछ सोच समझ कर
कुछ बाल हठ में
कुछ अधिकार से
कुछ फ़र्ज़ में।

मेरी कोशिशें साधारण थीं
पर माँ के लिए नहीं
अपनी उँगली छूटने की सोच भर से
वो इतनी कमज़ोर पड़ गयी थी
कि रोने लगी थी
माँ सोचती थी मैं छोड़ जाऊँगा उसे
लगभग सदा के लिए
माँ शायद ठीक थी
दूरियाँ रिश्ते तो नहीं
पर उनके अनुभव ज़रूर बदल देती है।

आज तुम दौड़ने को ललक रहे हो
तुम्हारी अभिव्यक्ति नये पड़ाव ढूँढ़ रही है
तुम्हारी कोशिशें सामान्य हैं
पर मैं असहज
माँ जैसा बेचैन और धृतराष्ट्र जैसा कमज़ोर
मैंने जितना छोड़ा था माँ को
उतना आज तुम मुझे
जितना माँ नहीं समझ पायी थी मुझे
कुछ उतना आज मैं तुम्हें
जैसे माँ ठीक थी
वैसे आज मैं ठीक हूँ।

तुम पर मेरे अभिमान के आसमान
वैसे ही छोटे पड़ गये हैं
जैसे माँ की पीड़ा के ब्रह्माण्ड के आगे
माँ के गर्व मुझ पर
मेरे बौने स्वार्थ ने
तुम्हें क्यूँ नहीं बनाये रखा बौना
ये मुझसे भी जुड़े थे
जिनके उत्तर तुमने ख़ुद हल कर डाले
काश, तुम गिर पड़ो अभी
और मैं लपक लूँ झट से
लगूँ दुलारने
फिर से सिखाने लगूँ चलना
उँगली पकड़ के

ये बस बात–की–बात
कि थोड़ा ठहर जाते
तुम कभी भी जाते
तुम्हारे बड़े होने का अहसास

जी छोटा कर जाता
प्यास इतनी ही बुझाता
जैसे मैं नहीं भूल पाया माँ को
तुम भी मेरे साथ रहोगे
जैसे माँ ने छुटी उँगली से चलना सीख लिया आख़िर
मैं भी वक़्त की कोई ख़ाली उँगली पकड़ लूँगा
पीड़ा मर जायेगी कभी तो
बन जायेंगे कुछ पुल नये
पर अभी तो यूँ लगता है
मैं वैसे ही ठगा गया हूँ
जैसे माँ ठगी गयी थी
कई बरस पहले।

ढाई आखर

प्रेम के मेरे शब्द
कुछ और
तुमने बुना बिम्ब
कुछ और।

पर कहीं जुड़े थे
बड़ी महीनता से
हमारे अपने–अपने
ढाई आखर।

क्या फ़र्क़ पड़ता है
अगर तुम्हारी लिपि में है
तुम्हारे स्नेह का सान्निध्य
और मेरी भाषा में है
मेरे प्रेम की पराकाष्ठा।

तुम ये सब कैसे कर लेते हो?

तुम ये सब कैसे कर लेते हो
तुम्हारी कोई छठी इन्द्री है
या होती है तुम्हें आकाशवाणी
तुम कैसे खड़े होते हो
दो पाँवों के बीच सीमा–रेखा लेकर
तुम कैसे जान लेते हो
पाला कौन–सा भारी है।

तुम बातों–बातों में
कैसे कर लेते हो व्यंग्य
तुम कैसे जीतते हो, मेरा विश्वास
जबकि अपना तो तुम अविश्वास भी नहीं बाँटते
तुम्हारे दोनों हाथ मुस्कुरा रहे होते हैं
जब लगते हो गले
फिर कैसे भुँक जाता है
तुम्हारी साँसों का ज़हर मेरी पीठ में
तुम कैसे सूँघ लेते हो
गाँव, धर्म और जाति की बू
और इकट्ठी कर लेते हो
भेड़ियों की भीड़

तुम्हारी आँखें ही ऐसी हैं

या तुम नज़र गड़ाये रहते हो
ये तुम्हारी मुद्रा है
या तुम घात लगाये रहते हो
बरुफ़ दिली और दिमाग़ी तपिश को
तुम कैसे बाँट देते हो
कैसे सन्तुलित करते हो
कि मैं मरूँ तो नहीं
पर सिर भी न उठा सकूँ।

तुम कैसे लटक जाते हो
ठसाठस भरी बस के
बित्ते भर पायदान से,
बशर्ते उस पर विजयपताका लहरा रही हो
और सबसे बड़ी बात
तुम कैसे लड़ते हो अपने अपराध–बोध से
या कोई वर मिला है तुम्हें
मुझे पेशेवर जादूगर नहीं बनना
न ही कोई आततायी
मेरी तो बस हैरानी ज़िद पर अड़ी है
मुझे बताओ
तुम ये सब कैसे कर लेते हो?

मैं और मेरा दुःख

वो ख़ुद नहीं आया
मैंने ही बुलाया था
गर्मजोशी से गले भी लगाया
वो दिन ही ऐसा था
मैं और मेरा दुःख
साथ–साथ रहना चाहते थे।

दिन भर साथ रहे हम दोनों
मौसमी फूलों ने बहलाया हमें
पुरानी कविताओं ने समझाया हमें
बचपन के दोस्तों के फ़ोन भी आये बहुत
पर कोई दलील, कोई अपील
हमें छुड़ा न पायी।

उस दिन हम एक–दूसरे को
छोड़ना नहीं चाहते थे
आख़िर दुःख की मियाद ख़त्म हो गयी
मेरे देखते–देखते वो चला गया
और मैं अकेला रह गया
पर उस दिन सचमुच
मैं और मेरा दुःख
साथ–साथ रहना चाहते थे।

दुःख फिर आ गया

दुःख फिर आ गया आज
बोला, तुम फिर अकेले हो
और ख़ाली–ख़ाली
अब मैं तुम्हारे साथ रहूँगा
हम मिल–जुलकर बातें करेंगे
गप्प लगायेंगे ज़ोर से
और टटोलेंगे पुराने क़िस्से
जब जी भर जाये बता देना
मैं इस बार लम्बी छुट्टी लेकर आया हूँ।

दुःख से दूरी

अब उसे नहीं बुलाता मैं
ख़ुद ही झेल लेता हूँ
अनहोनियों के बीच होनी
अपनी ही सवाली नज़रें
नये रास्ते, जो मैंने बनाये
और बड़ी लकीरें
जो खींचीं मैंने
ख़ुद ही झेल लेता हूँ
अब उसे नहीं बुलाता मैं
मैं और मेरा दुःख
अब दूर–दूर रहते हैं।

दुःख जानता है सब

दुःख दूर खड़ा
मन्द–मन्द मुस्कुरा रहा है
जानता है कश्मकश में हूँ मैं
समझता है मेरी हालत
कि कगार पर खड़ा हूँ मैं
कब उस तरफ़ गिर जाऊँ
और दुःख सँभाल ले मुझे
दुःख जानता है मेरी हालत
दुःख समझता है सब कुछ
दुःख मन्द–मन्द मुस्कुरा रहा है।

मैं कस के पकड़े हूँ
एक छूटता–सा मील–पत्थर
जिस पर कुछ लिखा नहीं है
ना आगे न पीछे
कहीं कुछ लिखा नहीं है
कहाँ तक पहुँचा
कुछ पता नहीं है
बस कगार है
कगार ही तो है मील–पत्थर
और उस तरफ़ दुःख खड़ा है
मेरे गिरने के इन्तज़ार में

मुझे सँभालने के लिए
दुःख जानता है मेरी हालत
दुःख समझता है सब कुछ
दुःख मन्द–मन्द मुस्कुरा रहा है।

मन्थन से मुहब्बत

बहुत आसान था
कोशिश कर
बड़े–बड़े
आसमान छू लेना।

और भी आसान था
एक नारे के उन्माद से
स्खलित हो जाना
और उस आनन्द में
सारा जीवन
फिसल जाने देना।

पर बहुत मुश्किल था
मन्थन और मुहब्बत की दरार
कविता के छलावे से पाटना।

मूर्ख

कब तक रहूँगा
उत्सुक मैं
और कब तक संशय में
कितना खोजूँगा
नित नयी बातें
नित नये नाम।

कब होकर स्थिर
और अनुत्सुक
कहूँगा कब
नहीं है जानना कुछ
बचा है तो बचा रहे
कितना भी असीम
महान, ज्ञान।

कब हूँगा शान्त
लौटूँगा घर
सिर झुकाकर
स्वीकार कर अज्ञानता
और रहकर मूर्ख।

पहला और इकतरफ़ा प्रेम

आज भी ढूँढ़ता हूँ
अपनी ही गाढ़ी कल्पना
उसी की प्रतीक्षा
जो हो न सका।

लेकिन आख़िर क्या होता
कितने रण जीत लेता मैं
कितनी रानियों में रम लेता
रौंद पाता कितनी धरती
और कितने आकाश
लील लेता?

वो भी याद आते हैं अक्सर
छोटे, महीन सुख
जो फिसल गये बेध्यानी में
काश मैं
रहता उम्र भर उसी शहर में
जहाँ चलायी साइकिल बरसों
आज भी खेलता कंचे वहीं
उसी ईश्वर को ही याद करता

और लेकर वही लम्बा रास्ता
रोज़ जाता घर उसी गली से
जहाँ हुआ था
पहला और इकतरफ़ा प्रेम।

क़तरा, मिट्टी, और घास

मैंने वर्षों जोड़ा
नाभि से मस्तिष्क तक,
क़तरा, मिट्टी, और घास।

इन सबका पर्वत है मेरे भीतर
सभी कल्पनाओं,
और सम्भावनाओं से ऊँचा
मैं रोज़ जीतता हूँ इसे
मर्दन करता हूँ इसका।

यहाँ से दिखता है
सारा जीवन बौना
सारी रचना मिथक
और साफ़ नज़र आते हैं
पर्वत तैरने को
सागर लाँघने को।

ऐसे ही सोयेंगे हम

आज फिर हम दोनों
साथ हैं बिस्तर पे
छोटा–सा फ़ासला है बीच

मैंने उसका हाथ धीरे–से सहलाया
और सो गया एक आश्वासन के साथ
उसने भी मेरा हाथ पकड़े–पकड़े
गहरी नींद पकड़ ली

रात भर उत्तेजना ढूँढ़ती रही हमें
पर विश्वास ने
सारा बिस्तर घेर लिया था
उस आकर्षक चाहत ने
बहुत किया प्रयास
धीमे प्रेम ने उसे सुलगने न दिया
और वो कड़क मचलन
मन मसोस के दब गयी
हमारे हाथों की स्थिरता के नीचे
हम उठे सुबह

बिना किसी अधूरी उत्तेजना के
और बिना खिन्न–खिन्न
बरसों से सोयी लिप्सा से

हम दिन भर रहे
निरन्तर निहारते नयेपन से
देते मधुरता एक–दूसरे को
आज रात फिर
धीरे–धीरे हाथ सहलाते
हाथ पकड़ते
आज रात फिर
ऐसे ही सोयेंगे हम।

साहस

तुम ही करके साहस
इस तरह रोक लेना मुझे
मैं जा ही न सकूँ
करके भी साहस।

तमाशा

बहुत शोर के बीच
आदेश हुआ
और मैं चुप हो गया
तो कहलाया
अच्छा तमाशाई।

शोर में था हठ,
फिर आदेश हुआ
मैंने चुपचाप आँखें बन्द कर लीं
तो कहलाया सभ्य तमाशा।
शोर में था ज़ोर बहुत
फिर आदेश हुआ
मैंने कान भी बंद कर लिये है

और तमाशबीनों ने
जमकर ताली बजायी
तालियों के शोर में
तमाशा भूल गया

अपनी लय अपनी रिद्म
अपने ही सामने
हो गया अधम
मेरा हाथ पकड़
मुझे कहीं और ले गया।

नया आदमी

मैंने बेताल ढोया
काँधे पर उम्र भर
ये शर्त थी
जंगल पार करने की।

ढोहते–ढोहते
शहर आते–आते
मैं ही हो गया
थोड़ा–सा बेताल
और कुछ–कुछ
मुझमें घुस गया बेताल।
पहुँचते–पहुँचते
शहर पहुँचा एक नया आदमी
ताल–बेताल।

चोर दरवाज़ा

यहाँ से आगे नहीं जा पाऊँगा मैं
यहाँ सोच भी कुन्द है
और मान्यताओं की गुफा भी बन्द
यहाँ से आगे मुझे रोशनी भी नज़र नहीं आती
और यहाँ से आगे जाना
व्यावहारिक भी नहीं होगा।

मुझमें ताक़त ही नहीं बची है
या मुझे बचपन से ही
ठीक से चलना नहीं सिखाया गया है
क़सूर किसका है बहस बेकार है।

अब दो ही विकल्प बचे हैं मेरे पास
या तो यहीं खड़ा रहूँ अड़कर
जो भी हूँ जैसा भी हूँ बनकर
और या झुककर
लेकर चोर दरवाज़ा
पहुँच जाऊँ सबसे आगे।

जो नहीं मरा है

मेरे अन्दर जो नहीं मरा है
कि न घेर पायेगा मुझे
न गिरा पायेगा कोई
मैं घुसूँगा भी
और तोड़ के भी निकल जाऊँगा
हर चक्रव्यूह
तुम बस देखते रहना
निष्पक्ष तमाशाई बनकर।

पीछे छूट गये लोग

कौन होगा वो आदमी
जिसकी आधी रात की
आख़िरी ट्रेन छूट गयी होगी
क्या करता होगा वो
किसी बस, टेम्पो या टैक्सी के लिए भाग–दौड़
पी.सी.ओ. ढूँढ़ती आँखें,
या मोबाइल का इस्तेमाल
किसी होटल, धर्मशाला या सराय को भटकता
या प्लेटफ़ॉर्म की लावारिस बेंच की
शरण में सो जाता होगा वो।

कौन होगा वो आदमी
जिसकी आधी रात की,
आख़िरी ट्रेन छूट गयी होगी।

ट्रेन में चढ़ चुके लोग,
बस घर आने का इन्तज़ार कर रहे हैं।

चिकनी साटिन

एक बचपन
जो तुम्हारे लिए बचा रखा है
इक जवानी
जो किसी भी इन्तज़ार में
बूढ़ी नहीं होगी।

एक ढीठ आदमी
साटिन की चिकनी सिलवटों के लिए
ताज और तख़्त को भी
नज़रअन्दाज़ कर देगा।

वो ढीठ आदमी
तुम्हें मिलेगा भी
और तुम्हारा इन्तज़ार भी करता रहेगा।

एक आभारी शहीद

मैं आभारी हूँ आपका
कि आपने मुझे शहीद मानकर
एक सुन्दर पत्थर पर
मेरा बारीक नाम
मेरे साथियों के साथ लिखवा दिया है।

पर मुझे सैल्यूट कर
नम आँखों से मेरा बारीक धुँधला नाम पढ़कर
मुझे शर्मिन्दा न करें
उसे साफ़ पढ़ने की कोशिश
आपकी आँखों में कई परेशान सवाल खड़े कर देगी
और उनके जवाबों में
पसीना, अचकचाहट, लरजती ज़बान
और झाँकती बग़लों के सिवा कुछ नहीं मिलेगा
आप नाहक परेशान न हों।

मेरे सवाल
मेरा मकान, मेरी पेंशन
और मेरे बच्चों की पढ़ाई नहीं है
मैं इनके जवाब तो वैसे भी उम्र–भर नहीं ढूँढ़ पाया था
पर इनसे बेख़ौफ़ आँखें मिलाकर
मैंने जी हल्का कर लिया था

मेरे पास कुछ और सवाल हैं
जो मेरे सहमे हुए बच्चों से भी
ज़्यादा मासूम हैं
कि जैसे कौन तय करता है कि मरेगा कौन
और किस क़ीमत पर
कौन तय करता है कि बचेगा कौन
और उसकी बोली कैसे लगती है
किसके हाथ में है कि बचे हुए को
रोज़ तिल–तिल मारा जाये
कौन है जो किसी का मरना और किसी का मारना
बस दूरबीन लगाकर देखता रहता है
किसने दिया उसे ये क़िरदार
और देकर चुप क्यूँ है

आपकी मोमबत्ती, आपके उबाल
और संगमरमर पर लिखवाया
मेरा बारीक नाम
मैं शत्–शत् आभारी हूँ आपका
पर मुझे चाहिए मेरे जवाब
सवाल और भी हैं लेकिन
मैं ज़्यादा सवाल पूछकर
आपको शर्मिन्दा नहीं करना चाहता।

सौतेले भाई

जो छीना झपटा
पहना, उतारा, डकारा और नकारा
और पेट भर आलस्य
सब शरीर के नाम गया।

लेकिन मन ने बटोर लिया
चिन्तन, मन्थन, गहनता, सुघड़ता
और अतृप्त रहना।

अपने एक पिता को
कोसते–कोसते
कभी मिल नहीं पाये
सौतेले भाई।

अधूरा आदमी

घेर नहीं पाओगे मुझे
नाजायज़ प्रश्नों से
एक कण भी ना उड़ा पाओगे
मेरे अस्तित्व का
उपहास से।

तुम्हारी अवहेलना
रौंद न पायेगी
मेरी ऊर्जा
मैं तुम्हें न दूँगा अधिकार
अपने मूल्यांकन का
मैं समग्र न ही सही
लेकिन काफ़ी हूँ अपने लिए।

अभी शेष है
साहस बड़े सपनों का
संकल्प जूझने का।

एक कम महत्त्व वाला आदमी

हर घर, हर जगह
होता है एक कम महत्त्व वाला आदमी
वो बोलता नहीं, सिर्फ़ सुनता है
सिर्फ़ पूछने पर देता है जवाब
झिझक–शंका रोज़ पूछती है उससे
तुम कहाँ बैठोगे?
तुम्हारा कमरा आज क्या होगा?
तुम्हारी चादर, तुम्हारा बिस्तर कब बदला जायेगा?
आज तुम्हारा खाने–सोने का समय कितना खिसकेगा?
इस बार तुम्हारी छुट्टी किसकी छुट्टी से कटेगी?

अपने सारे सवालों के जवाबों में
वो एक कबाड़ी की तरह
कचरे में हाथ डाल–डालकर
बाक़ी सबके बचे–छोड़े
कम महत्त्व के टुकड़ों को
अनचाहे मन से थोड़े कम से
बोरी में भर लेता है।

और एक दिन जब नहीं रहता
ये कम महत्त्व वाला आदमी
तो उसके तमाम सवाल

उसकी झिझक, उसकी शंका
उसकी पिछली पंक्ति, उसका कोना
उसकी ओढ़न, उतरन, बिछावन
उसकी पौनी करवट
उसकी कटी छुट्टी
उसका टूटा, खिसका समय
उससे भी कम महत्त्व वाले आदमी को
बड़े परोपकारी भाव से
थमा दिया जाता है।

गूँगा आदमी

अभी भी
ज्ञान कितना सीमित,
और बाक़ी बचा
अटूट–असीमित–अज्ञात
इस असीम अज्ञात को जाने कौन?
किसके भीतर सब कुछ समाहित?
कौन मुस्कुराया क़तरा–क़तरा दुर्घटना पर
कौन हँसा रेशे–रेशे क़िस्मत पे?
इसी बीच नियति बोली मैं
और हँसा अटूट–असीमित–अज्ञात
इशारे से बोला
बात तो तुम्हारी ठीक है।

अपने-अपने चश्मे

मैं देखने निकला
बड़े सहज भाव से
एक अजूबा
मैं था अनजान निश्चित
अज्ञानी और भी गर्भित।

बात की बहुतों से
शालीन लोगों से
विरोधियों से
और हठधर्मियों से भी।

बात की खुलकर
शायद कुछ मिल जाये
एक जैसा या फिर
हो जाये
दिल से दिल की बात
और हो जाये
एक ईमानदार शास्त्रार्थ।

हम गले भी मिले

शुभकामनाएँ भी दीं
कुछ खुलकर
और कुछ सकुचाकर
पर मिला नहीं पाये दिल
स्वीकार नहीं कर पाये
मैं, मैं हूँ
और तुम, तुम
हम हो गये विदा
फिर मिलने को
लेकिन वही अपने–अपने
चश्मे पहनकर।

एक ख़ुशबू अनकही

एक ख़ुशबू अनकही
इक ढीला–ढीला अलसायापन
एक नर्म ख़ामोशी
जो कभी धीरे–से गले लगती है
और कहती है –
मैं यहाँ हूँ तुम्हारे पास
और इतनी ही दूर
कि गले भी लग जाऊँ
और तुम्हें छू भी न पाऊँ।

फ़र्क़

सब कुछ तो
एक जैसा था
तुममें और मुझमें
पर तुम्हें ढूँढ़ना था
कुछ फ़र्क़।

तुम्हें मुझसे
नफ़रत तो नहीं
पर क़ब्ज़ा करना था
मुझ पर।

नोट बुक

वो लिखे हैं मेरी नोट बुक में
जो मैं हमेशा सहेज के रखता हूँ
वो थे बचपन की किताबों में भी
बीच में भूल गया था मैं
तो नोट बुक बना ली मैंने।

अक्सर दोहराता भी हूँ उनको
पर भूल जाता हूँ कई बार
ज़िन्दा रहने के नियम
शोहरत पाने के तरीक़े
धन–पशु बनाने की तिकड़में।

भूल जाता हूँ मैं
फिर याद करता हूँ
और गिर जाता हूँ अक्सर
गिरते पड़ते टटोलता हूँ
नोट बुक को
गीली–गीली मरमरायी
बुझी–बुझी, मुड़ी–तुड़ी
नोट बुक भी परेशान है
मुझसे और उन नियमों से
जो लिखे हैं मैंने नोट बुक में।

भिक्षा-पात्र

बहुत छोटा–सा ही तो है
अगर ये है दृष्टिकोण
घोड़े को बाँधता जैसे
अपने मन से हाँकता जैसे।

बड़ा होता
तो मैं भी होता इसमें
चाहे घृणा
या प्रेम का पात्र होकर।

तुम आओ किसी दिन मेरे घर
समग्रता का भिक्षा–पात्र लेकर
मैं आतुर हूँ
तुम्हारी दक्षिणा होने को।

प्रेम प्रयास

इस बीच
कुछ भी तो नहीं था
एक जैसा
हमारे बीच
पर मैंने ढूँढ़ लिया
कुछ मिलता–जुलता
हमारे बीच
प्यार जो करना था तुमसे।

धीमे-धीमे

कितना कुछ
हो सकता है
धीमे–धीमे।

एक शान्त आलिंगन
तुम्हारे वक्ष की मन्द आँच
मेरी छाती दहका दे
मेरे कोसे हाथ
तुम्हारी पीठ में कसे ढीले–से
बनकर गहरा आश्वासन।

एक सकुचाता चुम्बन
उम्र भर थिरकता रहे
हमारे होंठों के बीच
दो चार हल्की–फुल्की बातें
धीमे–धीमे बुन दे
लम्बी–लम्बी कहानियाँ
हमारे बीच।

एक–दो ठहाके
धीमे–धीमे
खनके, ठिठके, फिर खनके
हमारी बातों के साथ
मेरी उँगलियाँ
नरमी से कस ले
तुम्हारी उँगलियाँ
मीलों चलने को।

हमारे क़दम भी
तन्मय होकर
एक–दूसरे से
करें शोर धीमे–धीमे
और तुम्हारा सिर
खुमारी में लग जाये
मेरे काँधे पर
सो जाये धीमे–धीमे
सदा के लिए।

कितना कुछ
हो सकता है
धीमे–धीमे।

ख़रीदे हुए सपने

आज मैंने दो सपने ख़रीदे
एक बड़ा–बड़ा,
दूसरा नया–नया,
बड़े ने मुझे घेर लिया,
और नये ने बाँध लिया।

बँधे–बँधे और घिरे–घिरे
मैं दिन भर ख़ाली–ख़ाली
और ठगा–ठगा
कब सो गया
नहीं अता–पता।

उन्हीं सपनों की तलाश में
कुछ और नींदें ढूँढ़ता रहा।

त्रासदी ने सेंध लगायी

आज फिर
एक त्रासदी ने
सेंध लगायी
मुझसे टकरायी
मैं मौजूद था भीतर
वो घुस नहीं पायी।

फिर दोबारा बिन बताये
मेरे दोस्तों के साथ आयी
घुप गयी ख़ंजर बनकर।

मैं सजग–सजग लड़ता–लड़ता
प्रेम, सम्बल, और विश्वास लेकर
पर उसके पास थे
हथियार नये और तर्क नये
और मैं चुप।

बस रिश्ता निभाना था
जीत–हार में
इसे हल करना
नहीं था सम्भव।

पोर-पोर में

मैं मिट्टी चूल्हे की
पोर–पोर खोले
सहती ताप पल–पल
करती इन्तज़ार हरदम
तुम कब उफनोगे
और समा जाओगे रोम–रोम में।

अन्तराल का डर

मैं तुमसे कुछ माँगूँ
तुम शर्तिया दे ही दोगे
पर मेरे माँगने
और तुम्हारे देने में
जो एक पल का वक़्फ़ा है
एक पल की कश्मकश का वक़्फ़ा
मुझे डराता है।

मृग-तृष्णा

क्या है जो बार–बार
ललचाता है
फिर छुप–छुपा जाता है
कभी आकर लगता है गले
पर अक्सर अँगूठा दिखा जाता है।

सूट और टाई

मुझे पसन्द नहीं
तस्वीर मेरी
मुस्कुराने की जबरन कोशिश
और सारे सलीक़े निभाने की।

इस टाई की गाँठ खोलो
इस सूट को उतारो
मैं किसी की भी बग़ल में
रहूँ खड़ा
इस बहस को रद्द करो।

मैं जीना चाहता हूँ
मुझे जीने दो।

मुहब्बत

मुहब्बत भी अजीब चीज़ है
होती है तो वहम की तरह
हर तरफ़ होती है।

और जब नहीं होती
तो नास्तिक के भगवान की तरह
कहीं नहीं होती।

एक साहसिक प्रेम कविता

एक–से ही हैं सारे दिन
और एक–सी ही दिनचर्या
वही लोग वही बातें
वही रिश्ते वही नाते
वही काम वही कपड़े
वही दोस्त वही झगड़े।

इस मशीनी मुक्ति में
बची है अभी
प्रेम करने की
तीव्र इच्छा
कुरेदती है अक्सर
कौन करेगा प्रेम
लेकर सारी अधीरता
और पूरी तन्मयता
छुपकर करेगा या खुलकर
किसे चाहिए अभिव्यक्ति की मुक्ति
कौन लिखेगा
एक साहसिक प्रेम कविता।

मैं तुम्हारा टीचर हूँ

मैं तुम्हारा टीचर हूँ
जब तुम बन जाओगे
इंजीनियर
मैं नहीं बनूँगा इंजीनियर
बनना भी नहीं चाहूँगा
पर जब तुम बन जाओगे
एक नेक कर्मठ इन्सान
मैं लूँगा एक सुखद
गहरी साँस
मुस्कुराऊँगा गर्व से
कि मैं तुम्हारा टीचर हूँ
किसी ट्यूशन–तन्त्र का
मोहरा नहीं
मैं तुम्हारा टीचर हूँ।

एक क्षणिक चुम्बन

कुछ तो हो
पल भर वाला चुग्गा
एक क्षणिक चुम्बन
या मीठा आलिंगन
बेशक भूल जाये जल्दी
कुछ तो हो।

और बाक़ी सब हो
घण्टों–घण्टों बातें करना
बिना नाम के रिश्ते निभाना
वर्षों रहना अनिश्चित।

बेशक दुःख हो ज़्यादा
और सुख कम
पर एक ही धुन में
दौड़ें जीवन–मैराथन।

कुछ तो हो
पल भर वाला चुग्गा
एक क्षणिक चुम्बन
या मीठा आलिंगन
बेशक भूल जाये जल्दी
कुछ तो हो।

साइकिल

अब लड़कपन और
कॉलिज के दिन
वापिस नहीं आ सकते
माँ की उँगली भी
नहीं पकड़ सकते
और दादी से नहीं माँग सकते
जेब ख़र्च अब।

लेकिन आज फिर हो सकते हैं
नास्तिक या आस्तिक
आज फिर हो सकता है गाढ़ा
पुराने मित्र में विश्वास
आज फिर हो सकता है
इकतरफ़ा प्रेम
आज फिर चल सकते हैं
पैदल
और आज फिर चला सकते हैं
साइकिल।

उबरना प्रेम से

छोड़ सकते हो
सच्ची–झूठी चाह को
भूल भी जाओगे
कच्चे–पक्के लगाव को।

झूठा प्रेम दहलायेगा दिल को
लेकिन सच्चे वाला सालता रहेगा उम्र भर
तिर तो जाओगे अगर डूबे
पर उबर नहीं पाओगे
सच्चे प्रेम से
उम्र भर।

टकटकी लगाये

मुट्ठी भर पानी
जितना सँभालूँ
ये फिसल जाता है
ले के खुली हथेली पर
एक बूँद विश्वास की
सँभल–सँभलकर
देखूँ इसमें
नरम धूप की गीली किरणें
मन भर निहारूँ
परिपक्व प्रेम के गहरे रंग
जीवन भर
टकटकी लगाये।

अस्सी घाट का बाँसुरी वाला

इसे कहीं से भी शुरू किया जा सकता है
बनारस के 'अस्सी घाट' की पार्किंग से लेकर
साइबेरिया से आये पक्षियों, अलमस्त फिरंगियों
टूटी सड़कों, बेजान रिक्शों, छोटी बड़ी नावों
कार के शीशें, ठकठकाते नंग–धड़ंग बच्चों
इसे कहीं से भी शुरू
कहीं बीच मँझधार में ले जाया जा सकता है।

तभी बीच में कोई बाँसुरी बजाता है
छोटी–सी सुरीली तान
बजाता, फिर रुक जाता
अपने मोटे बाँस पर टँगी
बाँसुरियों को ठीक करने लगता।
क़द मद्धम, उम्र अधेड़
लाल टीका, सादे कपड़े
पर आँखों में जगती–बुझती चमक
आँखें बन्द कर तान लगाता
फिर आते–जातों को
उम्मीद से तकने लगता

बाज़ार, रास्ते, रिक्शे
साइकिल, दुकानें, सब अपने में मग्न
बेसुरे मन्त्र, तीखे हॉर्न कर देते हर तान बेतान।

फिर शायद उसे लगा कोई नहीं सुनेगा
वो सारी हिम्मत इकट्ठी कर
चौराहे पर आ गया
और बेधड़क कुछ बजाने लगा
आँखें बन्द कर ध्यान धरे था
अरे ! ये तो आरती थी,
'मात–पिता तुम मेरे, शरण पड़ूँ मैं किसकी
स्वामी शरण पड़ूँ मैं किसकी।'

यकायक उसने अपनी सारी ताक़त झोंक दी
तान ऊँची कर दी, भाव लरजने लगे
फूँक दिल से निकली
बाँसुरी बजने नहीं, बोलने–गाने लगी
अब ये साधारण आरती नहीं थी
मजबूरी और शिकायत से उसने फिर गाया,
'शरण पड़ूँ मैं किसकी
स्वामी शरण पड़ूँ मैं किसकी'
वो बाँसुरी बजाते–बजाते
झूमने और गोल–गोल घूमने लगा
जैसे उसने सिर पर कोई पर्वत उठा लिया
और घूमने–झूमने लगा

मरती गंगा, बेसुरे मन्त्र
अलमस्त फिरंगी, नंग–धड़ंग बच्चे
सब उसके साथ–साथ
झूमने और घूमने लगे
आरती क्रान्ति–गीत में बदल गयी
वो ईश्वर से आँखें मिलाने लगा
सीधे–सीधे टेढ़े सवाल पूछने लगा
बिजली कड़की, गंगा उजियारी हो गयी
बादल गड़गड़ाये, मन्त्र सुरीले हो गये
पानी बरसा, नंग–धड़ंग बच्चे गोरे–चिट्टे हो गये
अलमस्त फिरंगी निर्वाण पा गये
बेजान रास्ते, पान के खोखे सज सँवर गये
तभी अचानक क्रान्ति गीत ख़त्म हो गया
कहीं कुछ न बदला
सब वैसा ही था
उसने चुपचाप बाँसुरी मोटे बाँस में खोंसी
और कन्धे पर सलीब लादे घर वापस चल पड़ा।

आज भी दो–चार बाँसुरियाँ ही बिकी थीं
वो आज भी आधा ख़ुश
आधा उदास था
उसे किसी इंक़लाब की ख़बर न थी
बस मैं मन मसोसे चुपचाप खड़ा था
कि आज फिर क्रान्ति हो नहीं पायी।

लम्बी कट्टी

बात भी नहीं की अभी तक
देखा भी नहीं रंग मेरा
कुम्हलाया–कुम्हलाया
महसूसी भी नहीं, मेरी नसें
नर्म–नर्म चुपचाप चलतीं।

सहलाया भी नहीं दुखता माथा
दिया भी नहीं मेरे दुःख को काँधा
बोला भी नहीं कि मैं हूँ न
और इक चुप लगा ली
सदा के लिए।
इस बार हम कितनी लम्बी
कट्टी करेंगे।

विवरण और विश्लेषण

नहीं समझ पाया
तुम्हारी आँखों की चमक
धीमी–सी मुस्कान
चाहत भरा
बर्बस, छोटा अर्द्धआलिंगन।

गाल–से–गाल मिला
तुमने चुपके से
चूमा मुझे
सट गया छाती से मेरी
तुम्हारा अंग सबसे सुन्दर।

नहीं समझ पाया
तुम्हारी छुअन, चुभन,
ख़ुशबू और चुम्बन
बंस देखता रहा विवरण
करता रहा विश्लेषण।

दाल

दाल, दाल ही है
ये शुरू हुई थी
एक छोटे–से रेलवे स्टेशन से।

मैं लाँघा सात समन्दर
कूदा ऊँचे पर्वत
और पूरी दुनिया
आख़िर पहुँचा
अपनी रसोई वाली चटाई
दाल, दाल ही है।

कहानी ऐसी ही होती है

हर कहानी का
अन्त है अलग
वो शुरू भी तो
अलग–सी हुई थी।

कोई कहानी लेगी उत्कर्ष
फिर गिरेगी और सँभलेगी
कुछ मालूम नहीं।

कितनी कहानियों में
कोई मोड़ ही नहीं आता
वो यूँ ही चलती रहती हैं
जैसे बरसों नहीं बढ़ती पगार
कितनी कहानियाँ गिरती हैं
शर्मिन्दा होकर
जैसे रोज़ बड़े उसूलों वाले।

हर कहानी का
अन्त नहीं होगा सुखद
रोज़ ख़त्म हो जाते हैं
कितने लोग बिना भूमिका
और बिना उपसंहार।

तुम कोशिश कर लो
चाहे जितनी
तुम्हारी कहानी
तुम्हें ही देगी दग़ा कई बार
ये ख़त्म नहीं होगी
जैसे तुम चाहते हो।

बात से ठाठ

मैंने तुम्हारे लिए
सीखा ये काम
सोचा था इस बहाने
हम बैठेंगे साथ
बतियाएँगे और करेंगे ठाठ।

तुम नहीं हो अब साथ
मैं हूँ अकेला
बस अपने में आप
उस छोर पे, शायद तुम भी
अकेले हो, बस अपने में आप
और सोच रहे हो यही।

बता भी डालो
मेरे साथ बतियाने को
और करने को ठाठ
तुमने जो सीखा था काम।

जब जींस पहनी पहली बार

एक बहुत बड़े सपनों के शहर में
कितनी रंगीन और असम्भव कल्पनाएँ लेकर
जब मैं पहुँचा पहली बार।

और वो कविता
जिसे ख़ूब गया सराहा
ऐसा भी हो पायेगा
नहीं था विश्वास
जब वो छपी पहली बार।

कितना मुश्किल होगा उससे मिलना
मैं अक्सर सोचता था
फिर आया एक दिन
इतने बड़े आदमी से
मैं यूँ ही मिल लिया
पहली बार।

विश्वास तो था
पर इतनी भी जल्दी हो जायेगी
वो मन्नत पूरी
जो माँगते ही मिल गयी
पहली बार।

वो भी तो थी
कितनी नयी, कितनी सुन्दर शुरुआत
तुम जब मिले थे पहली बार।

थोड़ा असहज भी था
और थोड़ा घबराया भी
जब जींस पहनी थी
पहली बार।

एक साधारण शवयात्रा

न हाहाकार मचाते तेज़ रोते स्वर
न वाहन न बड़ी अगुवाई
पिता–माता साधारण
पैदल चल रही यह एक साधारण शवयात्रा थी।

वाहन पर लेटा शव
ख़ुद को शव ही समझता
पर तेज़ी से बदलते
अनगिनत कन्धों के बीच हिचकोले खाते
शव को अपना बचपन याद आ रहा था
ये शव कुछ बरस पहले बचपन लाँघी
लाड़ली का था।

माँ फफककर रोती थी
बार–बार पूछती थी
ये कैसे हो सकता है?
ये मुझे छोड़कर कैसे जा सकती है?
अभी सुबह तो बोली थी
शाम को बाज़ार चलेंगे।

पिता के आँसू अब तक पथरा चुके थे
वो जीवन से हारे क़दमों से

बार–बार मरते हृदय से
रोम–रोम से रोता
एक हाथ से घड़ा कान्धे पर सँभाले
घड़े में उसे मालूम नहीं था कौन पाप थे
जिनका प्रायश्चित्त भरा था
सफ़ेद धोती, बनियान पहने
जीने की इच्छा में मीलों पीछे
विडम्बित अगुवाई करता
वो शवयात्रा के आगे निढाल चल रहा था
इतना अकेला था वो
उसे लगता था जैसे पीछे सब छोड़ गये हैं उसे
दिल को ढाढस देता
जब पीछे मद्धम आवाज़ में
शामिल होते स्वर, राम नाम सत्य के
अकाल मृत्यु से बेटी हारने के बाद
उसे दुनिया का हर हारा हुआ आदमी
अपने से बेहतर नज़र आता था।

छोटे रास्तों, गलियों से
जैसे–जैसे निकलती रही ये शवयात्रा
एक छोटी नुक्कड़ पे खड़े कुछ
टैक्सी ड्राइवर ऊँचा–ऊँचा बोलते ठिठक गये
सभी के ऊँचे हाथ नीचे ढल गये
दो ने बीड़ी बुझा दी
कुछ ने ज़ेबों से हाथ निकाल लिए
एक ने मफ़लर ठीक किया
फिर वो सब एक क़दम पीछे यूँ हटे
जैसे शवयात्रा को सम्मान से रास्ता दे रहे हों।
कुछ आगे एक अन्धे मोड़ से

एक दैत्याकार ट्रक अचानक निकलकर
शवयात्रा के सामने आया
तो लगा रुकेगा ही नहीं
पर जैसे ही ड्राइवर को सुध आयी
उसने भरसक जतन से उसे किनारे कर
गर्म इंजन की साँसें ख़त्म कर दीं
फिर शवयात्रा की ओर देखते
कानों को हाथ लगाने लगा
जैसे किसी भूल का, पश्चात्ताप कर रहा हो।

थोड़ी देर बाद एक क़साई
जो अपनी झटका दुकान में
शवयात्रा की ओर पीठ फेरे
लगे मन से अख़बार पढ़ रहा था
मुझे उम्मीद नहीं थी क्योंकि उसके
और शवयात्रा के राम नाम स्वरों के बीच
दुकान का शीशा था
जिस पर शुद्ध झटका मीट लिखा था
पर जाने कैसे राम नाम सत्य के स्वरों ने
उसे पकड़ लिया
और वो अख़बार छोड़ ठिठका
फिर घूमकर हाथ जोड़कर खड़ा हो गया।

कुछ देर बाद दो निम्न मध्यवर्गीय महिलाएँ,
जो शवयात्रा की दिशा में ही कुछ आगे जा रही थीं
कनखियों से शवयात्रा जाते देख ठहर गयीं
सहसा अपने सिर को शॉल से ढाँपने लगीं।
थोड़ा और आगे झोंपड़पट्टी के गन्दे बच्चे
खेलते–खेलते सहम गये
और गली के एक किनारे जमा हो

शवयात्रा को टकटकी लगाये देखने लगे
एक–दो ने चुपचाप
अपने एक–एक हाथ से सिरों को ढँक लिया।

रोती माँ को बीच रास्ते से ही वापस कर दिया
औरतें श्मशान नहीं जातीं
बीच रास्ते ही माँ को
बेटी की अर्थी विदा करनी पड़ी।

शवयात्रा के अन्तिम पड़ाव से थोड़ा पहले
एक दिहाड़ी मज़दूर जैसा आदमी
जो शवयात्रा की ओर आती चढ़ाई पर
साइकिल चढ़ाने की कोशिश कर रहा था
अचानक नज़र पड़ते ही
ब्रेक लगाने के प्रयास में
हकबकाकर साइकिल से लगभग गिर पड़ा
फिर एक पाँव से सड़क छूकर, थोड़ा सँभलकर
साइकिल को अपने बदन से भींचा
सड़क के किनारे नाली से पूरा सट गया
एक हाथ बचाकर उसे बार–बार माथे,
फिर छाती से लगाकर एक शटल–सी चलने लगा।

इन सब हैरानियों के बीच
शवयात्रा श्मशान तक पहुँच गयी
लोग अपने आप लकड़ी के बड़े–बड़े गट्ठे उठाकर
चिता सजाने लगे
किसी को दोबारा गट्ठे उठाने का मौक़ा न मिला
बेसुध पिता को जाने किसने हाथ पकड़कर
शव की परिक्रमा करवायी
और सहारा देकर घड़ा फुटवा दिया

किसी ने एक जलती लकड़ी दी पिता के हाथ में
और चिता को अग्नि दिलवायी।

फिर धीरे–धीरे लोग पैरों के बल ज़मीन पर बैठ गये
और कुछ चिता के आस–पास बनी
छोटी–छोटी दीवारों पर

धीरे–धीरे चिता भी मर गयी
और सब पिता को हाथ जोड़
अफ़सोस करते विदा हो गये
और पिता कुछ सम्बन्धियों के साथ
बोझिल क़दमों से, घर वापिस जाने लगा।

मैं हैरान था ये सब देखकर
न कोई हॉर्न बजा बेचैनी से
न कोई वाहन गुज़रा फ़र्राटे भरे तनाव से
न किसी ने कार के शीशे चढ़ाये वितृष्णा से
न किसी ने अपने बच्चे की आँखें बन्द कीं
किसी आशंका से
ना किसी को रास्ता देने
शवयात्रा को सिकुड़ना पड़ा
सहसा मुझ महानगरवासी को
ध्यान आया
मैं एक क़स्बे से
बस थोड़े बड़े शहर में हूँ।

अन्तिम विजय

हे दुःख, त्रासदी और मृत्यु
तुम्हारे ताण्डव से
भयभीत नहीं होंगे हम
साहस है हमारा सम्बल।

तुम्हारी हाहाकार
विचलित न कर पायेगी
जिजीविषा बाक़ी है
हमारी हर टूटती साँस में।

तुम कुछ भी नहीं
दे पाओगे
पीड़ा, क्लेश, या सन्नाटा
हमारे हर कण में है
संघर्ष, और संकल्प।

थोड़ा हारे हैं हम
कुछ मिटे भी
पर ये हमारा अन्त नहीं है
होकर स्थिर
हम सब मिलकर
जीवट की अभिलाषा लेकर

उठायेंगे सिर निरन्तर
त्रासदी के ख़िलाफ़
खोलेंगे ज़ुबान
पीड़ा के विरुद्ध
मिलायेंगे आँखें
अवसाद से
और दर्ज करेंगे अन्तिम विजय
हे मृत्यु तुम पर।

धीरे-धीरे

शब्द पकड़ा
अर्थ बीत गया
अर्थ जागा तो
शिल्प रीत गया
शिल्प समझा
तो बिम्ब सूना
बिम्ब उतरा
तो रस जूठा
रस आने लगा
तो जीवन बीत गया।

संघर्ष

कितना भी हो भव्य उत्सव
बस एक पल जीना सुख
कैसी भी हो त्रासदी
बस एक पल जीना दुःख
और उबर आना जल्दी।

बाक़ी जीवन, जीवन है,
न सुख, है न दुःख।

दुःख और मनुष्य

बस इतना ही चाहिए
कविता को
एक सालता हुआ दुःख
और एक सुनने वाला
सीधा–सादा मनुष्य।

युधिष्ठिर या निरुत्तर

कड़वे या मीठे
सारे प्रश्न
अपने आप से ही तो
पूछने हैं।

मैं ही यक्ष
मैं ही युधिष्ठिर
और मैं ही निरुत्तर।

□□